ULTRAMAN

剧场版

欧布奥特曼

赐予我羁绊之力吧！

拼音认读故事

3 欧布奥特曼的反击

知信阳光　编

二十一世纪出版社集团
21st Century Publishing Group

本册登场角色

银河奥特曼

银河奥特曼是礼堂光用银河火花变身而成的新世代奥特英雄。他体内充满等离子能量，能迸发令人惊异的奇迹之力，但他的战斗时间只有3分钟。如果超过3分钟，会危及礼堂光的生命。

艾克斯奥特曼

艾克斯奥特曼是将自身数据化后寄宿于艾克斯闪光中的奥特英雄。通过与大空大地融合来实现实体化。

维克特利奥特曼

维特利安的青年翔用维克特利火炬进行超级融合后变身而成的新世代奥特英雄。他是银河奥特曼的挚友和搭档。

欧布奥特曼

三重形态

这种形态下的欧布奥特曼使用的武器是在他右肩盔甲部位的欧布光锯。他可以使用光锯发出多种超强技能。

红凯

他是欧布奥特曼的人类形态。他可以使用寄宿着历代奥特英雄力量的奥特融合卡片，通过欧布之环变身为欧布奥特曼。

合体魔王兽
芝庞顿

伽古拉用黑暗之环读取芝顿和庞顿的卡片后诞生的合体魔王兽。它能用融合了芝顿和庞顿特征的技能进行连续攻击。

无幻魔人 伽古拉斯·伽古拉

他是一个亦正亦邪的角色——既是宇宙魔女贼姆鲁娜乌的管家，又会帮助奥特英雄与怪兽作战。

地狱星人 西伯里特星人 卡利斯特

他是被姆鲁娜乌用黑暗之环召唤出来的。他是介于宇宙人和超兽之间的一个物种，自称是宇宙最强种族。

极恶宇宙人 泰恩贝拉星人 巴奇斯塔

他是被姆鲁娜乌用黑暗之环召唤出来的。他拥有极强的战斗力和不亚于梦比优斯奥特曼的飞行能力。

分身宇宙人 嘎次星人 多培尔

他是被姆鲁娜乌用黑暗之环召唤出来的，擅长瞬间分身和瞬间移动，他的眼睛和双手还能释放攻击光线。

奇机械怪兽 戴亚伯里克

它经过姆鲁娜乌改造后，具有极强的防御力和攻击力。它右臂射出的宝石光线可以将被击中的物质变成宝石。

怪异现象搜索小组
——SSP成员及其编外人员

SSP 是以“查明世界的谜题和怪异现象”为座右铭，每天都在活动的怪异现象追踪网站。其背后的运营团队自称为“怪异现象搜索小组”。

梦野奈绪美

SSP 的队长。因为幼年时经常做梦梦见光之巨人，所以她在大学毕业后就组建了 SSP。为了维持这个小组的日常运营，她做着好几份兼职。

早见善太

SSP 的网页更新员和摄影师。他自称是一名爱冒险的青年，喜欢研究 UFO（不明飞行物）和 UMA（未确认生物体），与梦野奈绪美是大学同学。

松户森

SSP 的调查分析员。他具有很高的物理天赋，知识渊博，但也有缺乏常识的一面。

涩川一彻

梦野奈绪美的舅舅，具有很强的责任感和正义感，是特搜队“威特队”的队长。他经常向 SSP 传递各种重要情报，属于 SSP 的编外人员，经常和 SSP 成员一起行动。

本册
故事梗概

wēi jí guān tóu xiǎo zǔ duì hóng kǎi de shǒu hù hé zhī chí xíng chéng le yí gǔ qiáng jìng
危急关头，SSP小组对红凯的守护和支持形成了一股强劲
de qiān bàn zhī lì wèi hóng kǎi dài lái xīn de lì liàng zhī yuán zhè yí cì hóng kǎi biàn shēn chéng
的牵绊之力，为红凯带来新的力量之源。这一次，红凯变身成
ōu bù ào tè màn de yì zhǒng xīn xíng tài yì jǔ jī bài le sā dí sī
欧布奥特曼的一种新形态，一举击败了撒迪斯。

mǔ lǔ nà wū gǎn jǐn pài chū kǎ lì sī tè hé bā qí sī tǎ qián qù zhī yuán miàn duì liǎng gè
姆鲁娜乌赶紧派出卡利斯特和巴奇斯塔前去支援。面对两个
xīn lái de dí rén hé dài yà bó lǐ kè de wéi gōng ōu bù ào tè màn néng shùn lì tū wéi ma
新来的敌人和戴亚伯里克的围攻，欧布奥特曼能顺利突围吗？

miàn duì xiōng měng de dài yà bó lǐ kè de sān míng chéng yuán zhàn dào yì qǐ
面对凶猛的戴亚伯里克，SSP的三名成员站到一起，
dǎng zài hóng kǎi shēn qián
挡在红凯身前。

shàn tài jiān dìng de hǎn dào wǒ men jué bú huì jiù zhè yàng fàng qì
善太坚定地喊道：“我们决不会就这样放弃！”

ā sēn bù gān shì ruò wǒ men huì yì zhí yǒng wǎng zhí qián
阿森不甘示弱：“我们会一直勇往直前。”

nài xù měi diǎn tóu fù hè dào duì wǒ men yí dìng huì chāo yuè jí xiàn
奈绪美点头附和道：“对，我们一定会超越极限。”

他们的话音刚落，奇迹出现了！三座奥特英雄宝石像的胸前突然爆发出三道光芒，随后光芒凝聚到红凯手中的欧布之环上。

三种光芒和牵绊成就了我，
现在正是奋起之时！

hóng kǎi zhàn qǐ shēn lái jǔ qǐ
红凯站起身来，举起
ōu bù zhī huán jiè zhù ài kè sī ào tè
欧布之环，借助艾克斯奥特
màn yín hé ào tè màn hé wéi kè tè lì
曼、银河奥特曼和维克特利
ào tè màn sān zhǒng guāng máng de lì liàng
奥特曼三种光芒的力量，
biàn shēn chéng le ōu bù ào tè màn sān chóng
变身成了欧布奥特曼三重
xíng tài
形态。

xīn xíng tài de ōu bù ào tè màn
新形态的欧布奥特曼
gāng yì dēng chǎng lián mǔ lǔ nà wū dōu
刚一登场，连姆鲁娜乌都
rěn bú zhù zàn tàn tā bǐ bǎo shí hái měi
忍不住赞叹他比宝石还美，
ér sā dí sī dòu zhì áng yáng hèn bu
而撒迪斯斗志昂扬，恨不
de mǎ shàng dǎ yí jià sān rén
得马上打一架。SSP三人
zǔ yě hěn xīng fèn tā men qí shēng dà
组也很兴奋，他们齐声大
hǎn shàng a hóng kǎi
喊："上啊，红凯！"

三重破击

欧布奥特曼二话不说，当即用欧布光锯发出新形态下的攻击招式——三重破击。他朝着撒迪斯迅速挥动手中的欧布光锯，三下过后，撒迪斯毫无还手之力，“轰”的一下被炸得支离破碎。

欧布奥特曼这一番干脆利落的攻击，让姆鲁娜乌之馆中的三个宇宙人惊讶不已。眼看己方战局失利，姆鲁娜乌立刻把卡利斯特和巴奇斯塔派了出去。

kǎ lì sī tè hé bā qí sī tǎ gāng yì dǐ dá xiàn chǎng biàn chèn ōu bù ào tè màn háo
卡利斯特和巴奇斯塔刚一抵达现场，便趁欧布奥特曼毫
wú fáng bèi zhī shí fā qǐ gōng jī gěi le ōu bù ào tè màn zhòng zhòng yì jī
无防备之时发起攻击，给了欧布奥特曼重重一击。

yǎn xià de xíng shì shí fēn bú miào sān gè dí rén bǎ ōu bù ào tè màn bāo wéi le
眼下的形势十分不妙，三个敌人把欧布奥特曼包围了。

ōu bù ào tè màn cháo dài yà bó lǐ kè fēi qǐ yì jiǎo
欧布奥特曼朝戴亚伯里克飞起一脚，
bìng mǐn jié de duǒ guò kǎ lì sī tè de tōu xí shuāng fāng nǐ
并敏捷地躲过卡利斯特的偷袭。双方你
lái wǒ wǎng dǎ de bù kě kāi jiāo
来我往，打得不可开交。

jǐn guǎn ōu bù ào tè màn bú jiàn tuí shì dàn yǐ yī dí sān tā dǎ
尽管欧布奥特曼不见颓势，但以一敌三，他打
de yì cháng jiān nán de sān rén zài yì páng kàn de dān xīn bù yǐ
得异常艰难。SSP的三人在一旁看得担心不已。

jiù zài zhè shí， jiā gǔ lā yòu
就在这时，伽古拉又
huài xiào zhe dēng chǎng le。 nài xù měi jǐng
坏笑着登场了。奈绪美警
tì de kàn zhe tā， jiā gǔ lā háo bú
惕地看着他，伽古拉毫不
zài yì， zì gù zì de shuō：“ gè wèi，
在意，自顾自地说：“各位，
hǎo xì yào shàng yǎn le！”
好戏要上演了！”

huà yīn gāng luò tā biàn jǔ qǐ hēi àn zhī
话音刚落，他便举起黑暗之
huán xiān hòu jiāng zhī dùn hé páng dùn de guài shòu kǎ
环，先后将芝顿和庞顿的怪兽卡
piàn chā rù qí zhōng suí jí biàn shēn chéng hé tǐ mó
片插入其中，随即变身成合体魔
wáng shòu zhī páng dùn
王兽芝庞顿。

méi rén qīng chu jiā gǔ lā cǐ shí de lái
没人清楚伽古拉此时的来
yì nài xù měi kàn zhe gāng chū xiàn de zhī páng
意，奈绪美看着刚出现的芝庞
dùn xīn zhōng gèng tiān jǐ fēn dān yōu
顿，心中更添几分担忧。

ōu bù ào tè màn pīn jìn quán lì
欧布奥特曼拼尽全力，
zhōng yú tuì chū le sān gè duì shǒu de bāo
终于退出了三个对手的包
wéi quān yǔ sān gè duì shǒu gé hé xiāng
围圈，与三个对手隔河相
wàng zhè shí zhī páng dùn yòu dà yáo dà
望。这时，芝庞顿又大摇大
bǎi de cháo tā zǒu lái fēn bù qīng tā jiū
摆地朝他走来。分不清它究
jìng shì dí shì yǒu ōu bù ào tè màn zhǐ
竟是敌是友，欧布奥特曼只
néng gāo dù jǐng jiè de wàng zhe tā
能高度警戒地望着它。

芝庞顿击炎弹

谁知，芝庞顿开口说："快让开！"随即，它出其不意地朝河对岸接连发射几颗芝庞顿击炎弹，一举击中巴奇斯塔和戴亚伯里克。

zhī páng dùn jū rán shì zhàn yǒu ōu bù ào tè màn
芝庞顿居然是战友！欧布奥特曼
yì shí jiān nán yǐ zhì xìn jiā gǔ lā jiě shì shuō dǎ
一时间难以置信，伽古拉解释说：“打
dǎo nǐ de rén zhǐ néng shì wǒ
倒你的人，只能是我！”

yì páng de chéng yuán jī dòng de wèi jiā gǔ lā
一旁的SSP成员激动地为伽古拉
jiā yóu nà hǎn
加油呐喊。

巴奇斯塔和卡利斯特毫不手软地联手朝芝庞顿发起攻击，芝庞顿立即撑起芝庞顿护盾抵挡。

随后，芝庞顿又用护盾将所有攻击原路反击了回去，对面的两个敌人躲闪不及，被炸得非常狼狈。

与此同时，戴亚伯里克开始对欧布奥特曼展开狂轰滥炸。然而，欧布奥特曼面无惧色。他从滚滚的硝烟中飞奔而出，像闪电一样挥出一拳，直击戴亚伯里克的头部，打得它连连后退。

显而易见，此时欧布奥特曼占了上风。SSP的三人在一旁看得热血沸腾，连连呐喊。

tū rán yì zhī shǒu dā dào nài xù měi
突然，一只手搭到奈绪美
de jiān shàng tóng shí yí gè shēng yīn chuán lái
的肩上，同时一个声音传来：
nǐ men shì bu shì bǎ wǒ gěi wàng le
“你们是不是把我给忘了？”
nài xù měi huí tóu yí kàn jìng rán shì
奈绪美回头一看，竟然是
duō péi ěr de sān rén bèi xià de
多培尔！SSP的三人被吓得
lián máng hòu tuì
连忙后退。

rán ér cǐ jǔ háo wú yì yì duō péi ěr dāng jí yòng jī guāng shù kùn zhù
然而，此举毫无意义。多培尔当即用激光束困住
le tā men sān rén suí hòu tā cháo ōu bù ào tè màn hǎn huà dào lì kè fàng
了他们三人。随后，他朝欧布奥特曼喊话道：“立刻放
qì dǐ kàng fǒu zé tā men jiù huì sǐ zài zhè lǐ
弃抵抗，否则他们就会死在这里！”

ōu bù ào tè màn kàn dào cǐ qíng xing zhǐ hǎo wú nài de shōu qǐ gōng shì
欧布奥特曼看到此情形，只好无奈地收起攻势。

另一边的战场上，芝庞顿稳占上风。可迫于当下的形势，它不得不把蓄势待发的芝庞顿击炎弹吞了回去。

巴奇斯塔和卡利斯特抓住时机，立即扑上去，对不敢反抗的芝庞顿拳打脚踢。

jǐn jiē zhe tā men zài dù lián shǒu duì zhī páng dùn fā
紧接着，他们再度联手对芝庞顿发
qǐ gōng jī zhī páng dùn zhōng yú dǐ dǎng bú zhù le yí zhèn
起攻击。芝庞顿终于抵挡不住了，一阵
hóng guāng guò hòu tā biàn huí le rén lèi xíng tài de jiā gǔ
红光过后，它变回了人类形态的伽古
lā yūn dǎo zài dì hēi àn zhī huán yě diào zài le dì shàng
拉，晕倒在地，黑暗之环也掉在了地上。

jiā gǔ lā yūn dǎo hòu bā qí sī tǎ hé kǎ lì
伽古拉晕倒后，巴奇斯塔和卡利
sī tè yòu cháo ōu bù ào tè màn bāo wéi guò lái tā men
斯特又朝欧布奥特曼包围过来。他们
xiān hòu chū zhāo ōu bù ào tè màn dōu shùn lì de duǒ le
先后出招，欧布奥特曼都顺利地躲了
guò qù hái néng shí bù shí de huí jī yí xià
过去，还能时不时地回击一下。

dàn méi guò yí huìr sān gè duì
但没过一会儿，三个对
shǒu de chē lún zhàn ràng ōu bù ào tè màn pí
手的车轮战让欧布奥特曼疲
yú yìng duì tā bèi chè dǐ kùn zhù le
于应对，他被彻底困住了。
jǐn jiē zhe ōu bù ào tè màn xiàng shā bāo
紧接着，欧布奥特曼像沙包
yí yàng zāo dào lún fān chuí dǎ zuì zhōng pū
一样遭到轮番捶打，最终扑
dǎo zài dì shàng
倒在地上。

sān gè dí rén lì kè wéi shàng qù
三个敌人立刻围上去，
duì tā háo bù liú qíng de quán dǎ jiǎo tī
对他毫不留情地拳打脚踢。

yǎn kàn shèng lì tuò shǒu kě dé duō péi ěr dé yì de jiào xiāo
眼看胜利唾手可得，多培尔得意地叫嚣：
tài bàng le zhè shì zuì wán měi de rù qīn
“太棒了！这是最完美的入侵。”

shuí liào tā gāng shuō wán jiù bèi yì méi zǐ dàn dǎ dǎo zài dì
谁料，他刚说完，就被一枚子弹打倒在地，
nài xù měi sān rén dé jiù le
奈绪美三人得救了。

jiù jiu nài xù měi jīng xǐ de dà jiào

“舅舅！”奈绪美惊喜地大叫。

tā men sān rén gǎn jǐn pǎo dào sè chuān shēn biān

他们三人赶紧跑到涩川身边。

zhè shí duō péi ěr yǐ jīng fèn nù de zhàn qǐ shēn

这时，多培尔已经愤怒地站起身，

sè chuān lì jí hǎn dào kuài pǎo sì gè rén sā tuǐ

涩川立即喊道：“快跑！”四个人撒腿

jiù pǎo duō péi ěr qì jí bài huài de zhuī le shàng qù

就跑。多培尔气急败坏地追了上去。

快住手！

tā men yì xíng sì rén lái dào yì tiáo mǎ lù shàng shàn tài
他们一行四人来到一条马路上，善太
mǐn ruì de fā xiàn le bù yuǎn chù de hēi àn zhī huán tā men jí máng
敏锐地发现了不远处的黑暗之环。他们急忙
pǎo guò qù bǎ tā jiǎn qǐ lái ā sēn tí xǐng dào zhè dōng
跑过去，把它捡起来。阿森提醒道：“这东
xi jiù shì xié è lì liàng de yuán tóu
西就是邪恶力量的源头。”

nài xù měi yì bǎ ná guò hēi àn zhī huán jiān dìng de shuō
奈绪美一把拿过黑暗之环，坚定地说：
kuài bǎ tā huǐ le yú shì dà jiā dōu zhuā zhù tā yòng lì
“快把它毁了！”于是，大家都抓住它用力
cháo bù tóng fāng xiàng lā chě kě hēi àn zhī huán háo wú sǔn shāng
朝不同方向拉扯，可黑暗之环毫无损伤。

jiù zài zhè shí duō péi ěr zhuī le shàng lái tā jī dòng
就在这时，多培尔追了上来，他激动
de dà jiào kuài zhù shǒu
地大叫：“快住手！”

奈绪美四人带着黑暗之环拔腿就跑。眼看多培尔越追越近，为了不让他拿到黑暗之环，SSP的三人和涩川不断地将黑暗之环进行空中接力。

奈绪美把它扔给了善太，善太传给了涩川，涩川又丢给了阿森……

然而，就在阿森要把黑暗之环传给奈绪美时，他抛掷失误，导致黑暗之环正好掉在多培尔的脚下。

多培尔得意扬扬地将它捡了起来。

rán ér tā hái méi lái de jí xiǎng shòu zhè fèn xǐ yuè jiù zāo dào le yì quán bào jī
然而，他还没来得及享受这份喜悦，就遭到了一拳暴击。
hēi àn zhī huán yě shùn shì luò dào le jiā gǔ lā shǒu lǐ jiā gǔ lā zhuǎn tóu cháo jīng chà bù yǐ de
黑暗之环也顺势落到了伽古拉手里。伽古拉转头朝惊诧不已的
sì rén shuō dào zhè ge dōng xi néng zhǎo dào yǔ zhòu zhōng yōng yǒu zuì xié è zhī xīn de rén
四人说道：“这个东西能找到宇宙中拥有最邪恶之心的人。”

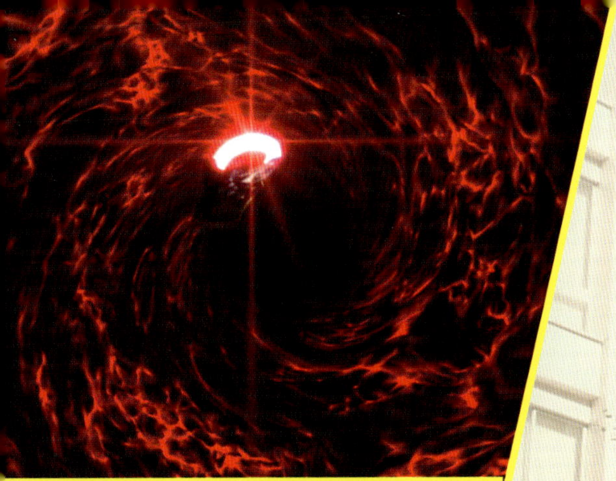

shuō wán jiā gǔ lā bǎ hēi àn zhī huán wǎng kōng zhōng yì pāo bìng huī chū shé xīn
说完，伽古拉把黑暗之环往空中一抛，并挥出蛇心
jiàn kōng zhōng lì kè chū xiàn le yí gè chóng dòng suí hòu tā yòng shé xīn jiàn jiāng
剑，空中立刻出现了一个虫洞。随后，他用蛇心剑将
hēi àn zhī huán sòng jìn le chóng dòng
黑暗之环送进了虫洞。

yì zhí páng guān de mǔ lǔ nà wū kàn dào hēi àn zhī huán xiāo shī zài chóng dòng zhōng
一直旁观的姆鲁娜乌看到黑暗之环消失在虫洞中，
jué wàng de dà jiào bù
绝望地大叫：“不！”

chóng dòng yì xiāo shī sān zuò ào tè yīng xióng de bǎo shí xiàng jiù bèng fā chū sān dào yào yǎn de guāng máng zhí jī dài yà bó lǐ kè bā qí sī tǎ hé kǎ lì sī tè bèi kùn zhù de ōu bù ào tè màn shùn shì tuō shēn

虫洞一消失，三座奥特英雄的宝石像就迸发出三道耀眼的光芒，直击戴亚伯里克、巴奇斯塔和卡利斯特，被困住的欧布奥特曼顺势脱身。

sè chuān hé de sān rén yì liǎn xīn xǐ de wàng zhe yǎn qián fā shēng de yí qiè zhè shí shuí yě méi yǒu zhù yì dào jiā gǔ lā mò mò de lí kāi le

涩川和SSP的三人一脸欣喜地望着眼前发生的一切。这时，谁也没有注意到，伽古拉默默地离开了。

cì yǎn de guāng máng guò hòu sān wèi ào tè yīng xióng
刺眼的光芒过后，三位奥特英雄
quán fù huó le shì de chéng yuán men yǒng bù yán qì de
全复活了！是SSP的成员们永不言弃的
xìn niàn huàn huí le ào tè yīng xióng de guāng máng
信念唤回了奥特英雄的光芒。

tā men sān gè zǒu dào ōu bù ào tè màn shēn biān yǔ tā bìng jiān ér lì
他们三个走到欧布奥特曼身边，与他并肩而立。

yǔ cǐ tóng shí duō péi ěr yě shùn yí dào dài yà bó lǐ kè shēn páng zuò chū yìng zhàn de jià shi
与此同时，多培尔也瞬移到戴亚伯里克身旁，做出应战的架势。

shuāng fāng èr huà bù shuō dōu shǐ chū hún shēn xiè shù yuǎn chéng gōng jī duì fāng
双方二话不说，都使出浑身解数远程攻击对方。

jīng guò yí zhèn jī liè de yuǎn gōng shuāng fāng bù yuē ér tóng de kāi shǐ yǔ
经过一阵激烈的远攻，双方不约而同地开始与
duì fāng zhǎn kāi jìn shēn bó dòu zhàn kuàng yì cháng jī liè
对方展开近身搏斗，战况异常激烈。

zhè shí fù zé lù xiàng de shàn tài bǎ jìng tóu zhuǎn xiàng zì jǐ hé sān gè
这时，负责录像的善太把镜头转向自己和三个
tóng bàn hū yù zhèng zài guān kàn zhí bō de guān zhòng gēn tā men yì qǐ wèi jǐ wèi
同伴，呼吁正在观看直播的观众跟他们一起为几位
ào tè yīng xióng nà hǎn zhù wēi
奥特英雄呐喊助威。

战场上，欧布奥特曼从右肩上取下欧布光锯，朝戴亚伯里克猛力一挥，戴亚伯里克瞬间被打倒在地。

lìng yì biān dà dì ná chū xū nǐ gē mò lā
另一边，大地拿出虚拟哥莫拉

kǎ piàn chā rù ài kè sī shǎn guāng zhōng biàn shēn chéng
卡片插入艾克斯闪光中，变身成

ài kè sī ào tè màn gē mò lā zhuāng jiǎ
艾克斯奥特曼哥莫拉装甲。

tā gāng biàn wán shēn duō péi ěr jiù shùn
他刚变完身，多培尔就瞬

shí fēn shēn chū lìng yí gè duō péi ěr
时分身出另一个多培尔。

艾克斯奥特曼哥莫拉装甲

哥莫拉振动波

suī rán shì èr duì yī
虽然是二对一，
dàn shì ài kè sī ào tè màn sī
但是艾克斯奥特曼丝
háo bú jù zhǐ jiàn tā jiāng
毫不惧。只见他将
shuāng bì shàng de zhǎo xíng wǔ qì
双臂上的爪形武器
jiāo chā yì yáng shǐ chū gē mò
交叉一扬，使出哥莫
lā zhèn dòng bō liǎng gè duō
拉振动波，两个多
péi ěr biàn bèi zhèn de yǎng fān zài
培尔便被震得仰翻在
dì zhà chū huǒ huā
地，炸出火花。

yǔ cǐ tóng shí yín hé ào tè màn
与此同时，银河奥特曼
hé wéi kè tè lì ào tè màn mǐn jié de duǒ
和维克特利奥特曼敏捷地躲
guò bā qí sī tǎ hé kǎ lì sī tè de gōng
过巴奇斯塔和卡利斯特的攻
jī bìng fēn bié shǐ chū yín hé shǎn diàn
击，并分别使出银河闪电
jī yǔ wéi kè tè lì mǔ zhǎn jī huán jī
击与维克特利姆斩击还击，
dǎ bài le liǎng gè dí rén
打败了两个敌人。

ào tè yīng xióng men yǐ jīng shèng lì zài wàng
奥特英雄们已经胜利在望，
jiù zài zhè shí zǎo yǐ bèi zhà chéng suì piàn de
就在这时，早已被炸成碎片的
sā dí sī jū rán huān kuài de jiào zhe wǒ hái néng
撒迪斯居然欢快地叫着“我还能
dǎ bìng zài yí piàn guǐ yì de lǜ guāng zhōng zài
打”，并在一片诡异的绿光中再
dù fù huó
度复活！

sā dí sī zhí bèn dài yà bó lǐ kè bǎ shuāng bì zhuāng dào tā de bèi
撒迪斯直奔戴亚伯里克，把双臂装到它的背
bù liàng chū xīn wǔ qì dài yà bó lǐ kè jiā nóng
部，亮出新武器——戴亚伯里克加农。
jiāng pào kǒu miáo zhǔn ōu bù ào tè màn hòu sā dí sī biàn xià lìng kāi
将炮口瞄准欧布奥特曼后，撒迪斯便下令开
huǒ ōu bù ào tè màn dāng jí shǐ chū sān chóng guāng dùn fáng yù
火。欧布奥特曼当即使出三重光盾防御。

然而，新武器的火力让欧布奥特曼毫无招架之力。欧布奥特曼被迫后退，接连洞穿两栋大楼后，倒在废墟中。他的胸灯也开始闪烁了。

显然，欧布奥特曼已经无力再战了。难道就要这样败了吗？

益智游戏

银河奥特曼出击

银河奥特曼在用银河闪电击对战卡利斯特，但是，只有将下列格子中的拼音拼写完整后，银河闪电击才能成为有效攻击。请你将下列汉字的拼音补全，帮助银河奥特曼完成战斗吧。